KB092930

꿈은 살아 있다

꿈은 살아 있다

지현경 제5시집

대양미디어

이 세상에 온 날

72년 전 오늘 내가 이 세상에 온 날이다
기억 속에 남아 있는 주어진 시간에
오고 가는 것은 하늘이 준 시간인데
바삐 바삐 살아온 걸음들이
흔적 없이 지워져 갔다
물안개 나는 그 너머 햇빛 보면서
나이를 짐 싸들고 소리 없이 떠난다
부처님 은덕으로 살아온 오늘인데
우리에게 쌓여져 가는 것은 나이뿐이다
만민 만난 인연으로
보다 더 행복하게 살아가길 바라며
곁에 계신 모든 분들께 축복과 행운을 기원드린다
지금 나에게 주어진 시간이
아직도 얼마나 남아 있을까?

2018년 유월 초하루 기쁘고 참 좋은 날에
현경법사 짓고 소호 나해윤 쓰다

고향 집

지게 통발 버리고 서울 올라온 지 52년이 되었다.

내가 살던 우리 집은 들 가운데 우뚝 서 있다.

산줄기 길게 타고 내려와 뭉친 명당에 우리 집을 지었다.

성주(새집 짓는 일) 하던 중에 나는 먼저 살던 집에서

태어났다.(옛 우리 할아버지 지영구 '검사'가 사시던 집)

아버지는 기뻐하셨다 한다.

어머니가 딸 4명 낳고 아들 하나를 낳았다.

사립문 열고 밖을 나서면 저 멀리 바다건너

고흥반도가 보인다.

주변에 6개 부락이 둘러앉아 우리 집을 바라보고 있다.

우리 집 울타리 뒤에 관산동초등학교(현 초등학교. 폐교가 되었

다)가 있다. 아들딸들을 동국민학교에 보냈다.

이른 아침이면 들에서 쟁기질하신 아저씨 소 모는 소리

들으며 어린 시절을 보냈다.

나도 열심히 쟁기질을 배웠다.

흰 수건 머리에 둘러 감고 논밭으로 나가시는 품앗이(농

사일을 서로 돌아가며 돕는 일) 아주머니들이 도란도란 이야기 하

시며 풀매로 가신다.

아름다운 우리고장 살기 좋은 동촌마을이었다.

물도 맑고 산새도 노래하던 풍요로운 내 고향 동촌

봄 여름 가을 겨울 4철 푸른 채소가 풍성하게 밥상을
채운다.

바지락 참꼬막 개두(키조개) 민물갱조개 잡아다가 가마솥
에 삶아서 대바구니에다 담아놓고 낙지도 잡아와서 회
무침 해놓고 이웃 분들을 모셔와서 달달한 고구마도 곁
들이며 막걸리 한 사발씩 나누는 정담이 별미며 맛이 일
미였다.

이야기 속에 봄은 오고 쟁기질 하시던 아저씨 새참 잡수
시러 들어오신 길에 잠깐 우리 집으로 모셔다가 막걸리
와 해조류 안주상에다 듬뿍듬뿍 담아 차려놓고 권해드
리니 허기진 배 채우시고 한숨 푹 내쉬며 참 맛나다 하
신다.

주고받고 나눠먹고 살아왔던 우리 동네 이웃들이 지금
은 그 얼굴 그 목소리 들을 수도 볼 수도 없다.

73년 긴 세월이 어제 같은데 지나간 세월을 잡을 수가 없구나.

서울살이 52년(1967. 8. 17. 상경) 청운의 꿈이 오늘인가 하네.

헤어진 동네 분들을 언제 어디서 만나볼 수가 있을까

오시지 못할 먼 길을 떠나셨다 하는구나.

내가 놀던 옛 터는 여기저기 흔적만 남아 있고 130여 채 초가집은 50여 채 기와집으로 바뀌어 버렸다.

500여명이 올망졸망 살아왔던 동네가 60여명만 살고 있어 더욱더 허전한 마음 잡을 수가 없다.

해마다 갈 때마다 그 얼굴들도 한 분 두 분 신발 들고 떠나셨다 하시는구나.

어린 시절 내 친구들도 객지로 다 떠나버리고 선후배 한두 사람 고향을 지키고 있어 그나마도 위안이 되었다.

"요놈 누 아들이야" 하시던 그 어른들의 목소리는 귓전에서 멀리멀리 맴돌아 가는구나.

땔 나무 한 짐 지고 동네 근처에 내려오다가 생고구마도 무도 캐먹고 뽑아먹고 가지도 따먹고 했던 우리 동네는

내 것 네 것 가리지 않고 살았다.

그 옛날 그 추억 멀리멀리 떠나가 버렸구나.

널따란 밭들은 반듯한 논으로 변해버리고 황폐했던 뒷산들은 무성한 솔숲으로 차 있어 얼굴에 분 바르듯 푸르른 산이 예쁘기만 하다.

1967년 쌀 한말 값 1,800원 손에 쥐고 새벽차로 떠나던 그날 새벽 발길에 눈물을 싣고 서울역에 다다랐다.

오늘 이글을 쓰려하니 가슴이 메이는구나.

꽃이 필 땐 벌 나비가 모여드는데 꽃잎 떨어져가니 벌 나비도 다 떠나 버렸다.

희미한 등대 불 꺼지면 뱃머리도 돌아가고 모여든 친구들 발길들도 소리가 멀어져 가는구나.

2019년 3월
지현경

차 례

제1부
겨울을
지나며

돈

보는 대로 쓰고
보는 대로 달라지는 얼굴

강한 힘도 비겁함도
함께 하는 요상한 것

세상 에너지로
막강한 위력을 품었기에
죽는 생명도 건지고 팔팔한 목숨도 죽이는 무기
사람도 바꾸고 나라도 바꾸는 마력을 지녔다

그래도
사람 마음만은 바꿀 수 없는
인간 다음의 힘일 뿐이다.

등명낙가사 · 1

태백산 줄기
등 굽은 정동진에
다소곳이 자리를 잡은 절

아침 해가 찾아들면
동해바다 찬바람은 대웅전을 씻어내고
부처님은 백성을 위한 기도 올리신다

보살들의 염원을 다 들어주시며
새벽 동이 트면 정동진의 기운으로
나라의 태평성대 위해 비시는 부처님

오늘도 내일도 기도소리 들리는 등명낙가사
불도 물도 막지 못한 부처님 말씀은
천년 역사에 흐르는
자비의 능력이시다.

등명낙가사 · 2

부처님 곁에 찾아갑니다
동자석 두 분 모시고
2017년 7월 4일 04시 30분

윤병현 박병창
서영상 지현경이 갑니다

오랜 세월 비바람 맞으며
지켜왔던 동자석
등명낙가사에 모시니
마음이 편안합니다

오랜 세월 이집 저집
전전하신 동자석

남재희 전 장관님이 소장하시다가
나와 함께 인연 맺은 지도
7년이나 되었네

무탈한 인연 되셨으니
등명낙가에서 천년기도 받으소서.

사랑의 홍매화

홍매화야 홍매화야
사랑의 홍매화야
선녀가 내려 왔네 아름다운 홍매화로

천관산 산자락에 곱게도 피었구나
향기 짙으면 손가락질 시샘비바람 이기고
고은님 이슬 받아
다시 또 곱게 피거라.

여도 야도 똑같다

세상에 정직한 사람
어떤 분이 있을까?
요놈이 저놈이고 저놈도 이놈인데

정치꾼들 불러 모아
이모저모 검증 해봐도
그놈도 이놈이고 골라도 그놈이다

옛날 정권 잣대는
흑 고무줄 잣대이고
현 정권 잣대는 금테 두른 잣대인가
참으로 안타까워 걱정스러운 내각이다

대통령님께 말한다
원칙을 지키라고
이유 변명 그만하고 정직을 지키라고
세상에 믿을 사람 몇 사람이나 있을까?

새벽 4시

공도 헤매는 캄캄한 새벽 밤
어둠 채 가시기 전에
학교 운동장에 나간다

멀리 굴러가면 잡기가 어려운 공
공중으로 차올리면 내 앞에 또 떨어져
다시 또 차올리고 다시 또 차고

한참을 차다보면 땀에 젖는데
날이 밝아오자 친구들이 나타난다
몸도 풀고 이야기도 나누고
어제 있었던 일들을 생생하게 들려준다

날마다 만나고 이야기 하면서 나누며
우정 속에 발전하는
우리 조조반!

등산길

산천은 잠들었는지
조용한 오솔길
나뭇잎 하나 흔들리지 않고
고요하다

지난해 올 때는
돌계단도 한 계단 건너뛰며 올랐는데
어둔한 이 몸뚱이 밀고 오르기가
힘들다

먼발치 나무그림자 아롱거리고
걷는 발자국도 무거워
띄엄띄엄 쉬며 오르는 길

세월 따라 나이는 쌓이는데
산천은 더 푸르러
곱기만 하다.

겨울을 지나며

구름 깔린 하늘
잔잔한 삼월의 산
한 올 바람에 사랑이 움트고
꽃을 피워 향기를 풍긴다

그대 사랑
태풍도 식히지 못하는 뜨거움으로
미풍에서 피어나 혹한을 이긴 견고함

함께하는 마음이
바위같이 단단할 줄이야.

* 2017. 6. 1. 국제문단 발행

내 마음

슬픔과 기쁨이
마음에 있음을 깨닫는다

발밑 돌부리에서도 옥석이 숨었듯이
희로애락 속에서도
베풀면 옥玉이 된다

다듬은 돌덩이는 부잣집으로 가지만
조각난 돌 조각은
길바닥에 버려진다

청산을 바라보면 부귀영화가 헛것인데
목숨 다할 때까지 쌀 한줌이라도 서로 나누다가
홀씨처럼 사라져도
후회는 없으리니.

* 2017. 6. 1. 국제문단 발간

잡초들의 삶

천지에 흔한 생명
자유롭게 살아가는 하루해 아래
장소도 따지지 않고 불평도 하지 않는다

아무데나 자리 잡고
텃세도 부리지 않는다
메마른 들판에서도 꽃 피우고
산마루 바위틈새에도 산다

졸졸졸 내려오는 도랑가에서도
한들한들 춤추는 너

가뭄 장마도 가리지 않고
불평 한마디 하지 않으며 살아가는
끈질긴 잡초
위대하다.

땔 나무 지고 왔네

해는 산 너머로 숨어 버렸고
허기진 배
나뭇짐은 무거운데 험한 비탈길
깔꾸막진 산모퉁이 낭떠러지가 수십 미터
위험도 마다않고 집으로 향해 걷는다

울퉁불퉁 꼬불꼬불
돌부리도 발을 잡고
골짜기 흐르는 물도 신발을 적신다

기왕에 받쳐놓은 지게
잠깐 쉬면서 물 한 모금으로 배고픔을 달래고
어둠을 밀고 오는 길에 울어대는 산짐승들
오싹 오금이 저린다

1960년
살기도 힘든 세상에 산천도 벌거숭이
가시덤불 한 포기마저도 없었으니
높고 먼 산 기어올라
땔 나무 지고 왔다.

* 2017. 6. 26. 고향 생각하면서

손 님

백번을 접대해도 아깝지 않습니다
언제든지 오세요
자주 찾아와주세요
즐겁습니다

오며가며 나눈 말이
백년의 길동무라오

밥값이 싼 것이요
정보는 백 만 불입니다
사는 것이 힘들고 외롭다 하는데
나는 즐겁습니다

언제든지 찾아와 주시면
나는 고맙습니다.

별 똥

밤하늘을 수놓은 불꽃들
하나둘씩 툭툭
땅바닥으로 떨어진다

돌 보다는 무거운 별똥
둥글둥글 까칠까칠 수만 년을 내려왔다
그 오랜 세월 중에 우리 밭에도
떨어졌다

유산으로 받은 논갈이 하던 중에
쟁기 끝에 치인 돌덩이 주워
둑에 놓았다

희귀한 까만 돌덩이를
별똥이라 한다

희귀금속들
경지 작업하던 중에 땅속 깊이
묻혀버렸다.

호루라기

한발만 나서면 가곡천물이 발등을 넘는데도
선친과 용대는 불평 없이 6대를
살아왔다
제 아무리 보고 또 봐도 살 곳은 아닌데
6대가 무탈하게 살아온
이용대 시인님
사랑방 허름한 책상 하나 놓고
날밤을 새는구나
태백산 골짜기 파고 또 파고 뿌리째
뽑아내는구나!

＊ 2017. 7. 14 태백시 가곡면 가다

용설란

시들시들 지친 몸을
버티면서 살았다
좁은 집에서 발도 못 뻗고 살았다
팔순이 넘는 노부부 집에서
목 말라하며
죽지 못해 버티었다

칠순 지 시인이 나를 데려다 놓고
넓은 집에서
편안한 밤 되라 했다

낡은 옷 다 벗어버리고
깊은 잠 자고나자 아침이 밝아왔다
못 다 핀 꽃 예쁜 꽃 되어
줄기 사이로 꽃대 올려 보냈다

빵긋빵긋 하얀 꽃잎이
향기 솔솔 풍긴다
벌과 나비를 유혹하려
꽃술 살짝 내민다.

말동무

늙은이와 친구해주는 말동무
어린손자가 있다

외로운 늙은이
오늘도 하늘만 바라보는 신세
하루 종일 홀로 앉아 시간을 보내는데

누가 왔는지
초인종이 울려대더니 문이 열리고
오랜만에 딸 식구들이 몰려 들어온다

외손자들이 달려드니
옛 기억이 살아난다
지나간 추억들만 머릿속에서 맴돌지만
오랜만에 늙은이 입가에 웃음꽃 핀다

이제 가고 싶다
아들 딸 손자 손녀 사는 것도 보았으니
이만하면 두고 가도 걱정이 없겠다

추억도 남겨두고
즐거움은 나눠주고
옛날에 어머니가 가르쳐주시던 그 길 따라
손자처럼 아장아장 걸어가고 싶다

섣달 그믐날

새해를 기약하고 보내는 한 해
섣달 그믐날이 짧다

다시 못 올 이 날을
소리 없이 보내며
남겨진 아쉬움 어쩔 수가 없다

내 마음 알아보고
불어오는 겨울바람이
하늘에 새파란 칠을 하며 멀리 사라진다

성큼 다가선 동장군에게
한 살을 꼼짝없이 빼앗겨버리는
섣달의 그믐날이다.

제2부
꿈은
살아 있다

고향을 그리는 노래

동촌마을

동촌마을 꽃이 피네 인정 속에 해가 뜨네
빈손으로 밤 열차 타고 떠났던 내 고향아
괄시 많은 타향살이 보고 싶던 동촌 언덕
풍년가 고향 노래 어머님의 사랑이다

동촌마을 새가 날고 뻐꾸기가 노래하네
봇짐 들고 무작정 열차 타고 떠난 청춘
인정 없는 타향인심 설워 울던 옷소매로
불러본다 고향노래 어머님의 그 사랑도.

타향도 고향마을(노래)

타향 땅도 정이 들면 고향이라 말들 하네
농사짓고 밭갈이 하던 그곳이 고향마을
자식 키우고 효도 하면서 사는 것이 인생인데
타향 땅도 정이 들면 낯설어도 고향마을

타향 땅도 정이 들면 고향이라 말들 하네
부지런히 내 살림하면 그곳이 고향마을
욕심 버리고 농사지으며 살고파라 내 인생아
타향 땅도 정이 들면 미워도 고향마을!

꿈은 살아 있다

보이지 않은 DNA가 꿈틀 거릴 때
꿈도 살아서 움직인다

영靈의 영역을 넘나드는 꿈 세계가
오색으로 보이면 대화를 하고
흑백으로 보이면
막꿈이었다

고민하는 일마다 길을 일러주니
선몽을 버리지 않고
길을 찾는다

마음 가는 데를 펴놓고
못 쓸것 치워버리면
밝은 빛이 찾아오리라

티끌 없는 공호의 세계가 빛날 때
나의 꿈
영원히 살아 숨 쉰다.

동자석상

부처님이 주신 큰 선물
동자석상

옛날 옛날 한 옛날
어느 누가 한 쌍의 동자상을
정성들여 조각하였는데
오랜 세월 비바람도 이겨내고
전쟁도 피해가며 자신을 지켜왔다

남재희 장관님 정원에서
지현경 상가 옥상으로 모셔왔으며
한 쌍의 동자상이 인간들을 가르치셨다

부부애 넘치는 모습
얼굴 표정이 구김 없고
다소곳이 서있는 자세이기에
바라보면 한없는 행복감에 젖는다

2017. 7. 14. 9시 30분 날씨도 청명한 시간에
강원도 강릉시 괴방산자락
등명낙가사에 옮겨 모실 때
내 머리 위엔 오색 무지개가 떴다
오랜 고통 다 잊으시고 안식처에 드시며 주신
답례셨다

큰 선물을 주시는 동자석상
먼 동해안에서 안녕하신지?

우리 삼형제

큰형님 총각시절에 교사로 봉직하셨고
작은형님 총각시절에 백마고지에서
나라 지키셨는데
막내아들은 철부지라 세상모르고 자랐다

형님이 심어놓은 감나무에 올라가
땡감도 연시도
단감도 따먹으며 즐겼던
막내

하나둘씩 떨어져 있는
덜 익은 감을 보았을 땐
사람이나 감이나
병들면 떨어진다는 것을 깨달았다

어린 시절 철부지가
형님들 덕분에 세상 이치를 알며 자랐다

고 지길수 큰형님
고 지용수 작은형님

감사했습니다.

시골집 아낙네

초가삼간 시골집에 달은 밝았고
울밑 귀뚜라미 소리
적막을 깨우는데
밤바람은 내님을 부른다

가끔씩 우는 부엉이소리가
갓난아기의 잠을 깨우고
술 취한 낭군님 늦게 들어와
꿈나라로 가셨다

내일은 어린 아들 소풍가는 날
쥐어줄 용돈이 없어
잠 못 이루는 아낙의 가슴엔
서리가 내린다.

잊을 수 없는 인연

고비 고비
끊어진 다리도 건넸다

승차감 나쁘다고
고급차를 타는 세상에
인생 험한 길 등짐지고 걸었다

놀며 쉬며 가는
나그네도 있지만
삶의 무게가 천근만근

손가락 상처에도 몇 달은 고생인데
목구멍 속 동맥 다쳐 저세상에 갔더니
하다 둔 일 더하고 오라고
부처님이 내보내셨다

숨을 쉬고 눈을 떠 보니
박정환 경위 김근표 경사도 와 있었다
갔다가 돌아온 세상 첫 만난 인연
잊을 수가 있을까?

변함없는 그 사람

칠십 하나 고개를 넘어도
또 산 중일세

높은 산마루 넘어
평화로운 들판도 걸었다

무거운 짐 들어주고
밝은 미소 짓는 그 사람
현생에 천사가 아니런가

예수님 가시던 길에
바다가 열렸듯이
중생들도 따르라고 가르쳐주셨다

가고오고 하는 것 주어진 길이지만
바른 길 가는 일생
그 사람 변함없어라.

비

비를 피해가며
젖은 옷 추스른다
시도 때도 가리지 않고 오는 비

쏟아 붓고 도망간 소낙비
친구들이 비 때문에 못 오는지
매일 찾아왔는데 발이 뚝 끊겼다

비 개이면
귀한 친구들이 올까봐
종일 꼼짝 않고 기다린다.

인생은 연극일세

세상에 태어났을 때
반가웠을까
세월이 가면 그 마음이 바로 바뀔 것을

살다보면 희로애락이
순간 지나가는데
아등바등 허덕이고 헤매다 가는 인생

웃고 즐기면서
베풀다 가세!

산 길

굽이진 산길을
홀로 걷는다

나무 사이사이 골짜기마다
졸졸졸 흐르는 물
고요한 산골짜기에 하모니를 이룬다

깊은 계곡
우거진 숲을 헤치며
숨차게 올라가고 내려오는데
모퉁이 돌아설 때마다 바람만 스쳐간다

발걸음 멈추고 서면
어미를 찾는 산새 소리
바람에 실려 오는 억새풀 소리

외로운 나그네 발길을
더 재촉하는구나!

땡 감

한밤중에 떨어지는 감 소리
선잠을 깨운다

뜨겁게 달구었던
한 여름도 이겨낸 풋감
적막을 깨며 구른다

물주고 거름 주고 가꿔왔던 감나무
마지막까지 견디다 한밤중에
가버리는가

조금 더 견디면 추석인데
무정하게 떨어지는 땡감들이
이별처럼 아쉽다.

돌아온 추석

설 지난 지 그제 같은데
추석이다
분주하게 배달되는 선물 꾸러미들
택배들이 바쁘게 다닌다

가난에 허덕여도 추석은 돌아오고
한숨만 나온다

값비싼 선물 받으면 눈물이 난다
잘나갈 때의 시절이
머릿속에 맴 돈다

돌고 도는 중추절
황금 들녘이지만
농부들 가슴에도 걱정만 쌓인다

오곡백과가 풍성해도
가격만 떨어져가고
인건비 운반비 경매비까지 다 빼고 몇 푼인가
손에 쥔 돈 몇 푼 새어보니
비료 값도 안 되는데!

정을 나누는 친구 장영성

꼬마 손님도 모시고
어른 고객도 모시며
어두운 지하실에서 가족을 위해 뛰고 있다

전화벨이 울리면 바로 달려간다
외롭고 고단한 방에 앉아서
찾는 사람이 기다려진다

적적할 땐 누구라도 붙잡고
한 잔하면 좋겠다 하던 그 사람
행여나 전화가 또 올까
손님도 기다리고 전화도 기다린다

기다려지는 시간들이 마음을 흔든다
전화나 한번 줄 것이지
왜 이렇게 내 마음을
그렇게도 모를까?

한양갈비

유명한
한양갈비집

맛도 좋고 친절해서
자주 가는 식당
잎새주 위에다 써 붙여두고
나만 찾는 술이다

반찬 맛도 구수하고
가끔씩 갈비구이에 술 한 잔 들고 마주보며
원 샷 하는 잎새주가 꿀맛이다

술이 거나해지면
고기 굽는 냄새가 속옷까지 도금이 된다
에어컨 속에서도 내뿜고
불판에서도 타는 갈비

매연 마시고
술도 마시고 연기까지 마시면서
찌든 냄새를 몸에다 바르면서도
기분 좋은 한양갈비집이다.

장로 김정록 의원

언제부터 알았는지
아마도 전생이었을 거야

고생도 해보았고
인생 맛을 아는 그 사람
만남이 두 해인데 10년보다도 정들었다

가는 길도 한 길이었어
타고난 팔자가 봉사하라고 태어났으니
하루라도 쉴 수가 없어서
러시아로 떠난 그 사람

온갖 고난 이겨내며
청춘을 불태운 그 사람
끝자락 바라보면서
그 사랑 모두다 세상에 뿌려주고 가려하네!

노 객

고요를 거머잡고
독백을 하고 있으면
백지와 설경이 머릿속을 맴돈다

냉랭한 한숨이
오로라처럼 피어나고
은백의 노객이 무엇을 남기려함인가

될 수만 있다면 깨알만큼의
흔적 남기고 싶어서
힘없는 펜대를
오른 손에 들어본다.

남양상회 앞 정류장

어릴 때 우리 곁에는
만남의 장소가 정류장이었다

남양상회 이름도 정감이 넘치고
오다가다가 쉬었다 가고
하루해도 잡아두는 곳

장바구니 내려놓고 수다도 좀 떨고
바지게 받쳐놓고
농사이야기 꽃피우던 시절

노총각 영길이가
장가간다는 소문도 정류장에서 나고
긴 의자에 주저앉아 소주잔도 나누었다

삶의 언저리에 찾아보던 정류장의 기억들
추억 따라 가버린 옛날
다시 그려보았다

지금도 김포 풍무동 정류장에는
군불 같은 사랑이 어리고
양지바른 언덕 위 별장들이 내려다보는데
해질 무렵 1002번 시내버스가
보따리 가득 싣고 도착한다.

제3부
이름 없는
목자

직업 찾아 천리 길

죽도록 걸었다
이 나이 먹기까지

끝없는 길을 찾으며
벌판에서 헤맸고
뒤돌아봐도 나 찾는 사람 없었다

홀로 걸은 인생길
험하기도 하였으라
줄도 없고 빽도 없어 가는 곳이 나의 집

갈 곳도 없던 몸
숨소리 들리면 살아있음을 알았다
살다보니 칠십이 넘어
신발마저 떨어졌다

발걸음은 무겁고 할일은 태산인데
나이가 들었음인가
아무도 쳐다보지 않는다.

잎새주 사랑

옥상에 꽃향기가
강서 하늘에 퍼졌다
향기가 흘러넘쳐 롯데부동산에 도달했다

한 잔 마시는 이 술이
호남 술이라서 정이 넘친다
정기 담아 가져와 호경빌딩 옥상에 두었다가
마셔보니 맛도 좋아
그 이름이 잎새주라 부른다

그 술 그 맛 음미하고 향우들을 초대하면
하늘공원에 피어있는 천사의 나팔꽃 향기에도 취해
권하는 두 잔 석 잔
세상이 다 내 것이다

밤에만 풍겨대는 꽃향기
무릉도원이다.

들 꽃

길가다 바라보니
저 아름다운 들꽃들
온 사방에 피었다

노란 꽃
하얀 꽃 보라 꽃 연분홍 꽃
색색이 어우러진 들길

밭 언덕 난간에서 오도 가도 못하고
다정한 미소 지으며
이웃끼리 모였다

내년 봄에 또 만나자
선약하고 떠난다.

추석 안부

짧은 한세상 짬짬이 만나서
흐르는 물결이나 잡아 봅시다
두목님 한 분도 제대로 뵙지 못하니
쓰겠습니까?

살다보면 통하는 사람은 몇몇 안 됩니다
낙오된 인생 안 되기 위해서
열심히 살고 있습니다

선배요 70대 단장님이신
이용순 형님
올 추석 기쁨 넘치소서.

인생고개

스치는 바람 속에
흘러가는 강물 속에
내 이름 있을까

고개 넘어 내리막길 돌아 돌아
먼 산들 시야에서 점점 사라지는데
세월 따라나선 발걸음
좀 쉬어가자

오를 때는 끝이 안보이던
높은 고갯마루
넘고 또 넘다보니 산허리에 다다랐다

인생살이 아등바등
구름 재를 발밑에 두고 걷는다.

명상 · 2

오늘이 추석
오만가지 생각들을
모두다 잡아두고 있다

시간은 가고
나는 침묵한다

서쪽하늘로
유유히 가는 구름
동쪽에서 서쪽으로 가는가

가던 길 어귀에 앉아서 하던 일 더하며
해가 저물어도 가야하는 길
도착할 곳이 어디인지!

추석날 밤

추석날 밤
발걸음이 방향을 못 잡는다

이리 갈까 저리 갈까 해매는 밤길
한 잔 술에 취하고
두 잔 술에 고향생각에 젖는다
밤 저문 옛 이야기가 도란도란 살아난다

부모님과 형님들 다 떠나시고
막내로 남아서
차례 상 차려놓고 술잔을 올리니
부모님 생각에 하염없이 눈물이 난다

아들 딸 곁에 있으니
차마 소리네 울지 못하고
속으로 속으로 그리워 불러봅니다
아버지 어머님!

복덕을 팝니다

잘나간 사람들
힘들고 어려운 이들께
자기의 복과 덕을 판단다

하나님께 기도하는 마음을 나누면
서로 인생의 위안이 되고
주고받는 사랑
희망을 준다

간절한 마음으로 복과 덕을 나누면
소망이 이루어지듯
각박한 세상 나눠주는 문화로 발전하면
우리들의 삶이 밝아질 것이다.

진도의 멋

남도 저 끝자락의
커다란 섬
이름하여 진도다

나라가 흔들릴 때
목숨 걸고 옳은 말 하다 역적 되어
귀양살이 가는 섬

충신들 머릿속에 옥고를 싸가서
문치교화 뿌리내리니
씨앗이 영글었다

살기 좋은 진도에 꽃이 활짝 펴
미래의 큰 인물들이
진도에서 나리라!

기러기 날면

기러기 날면
고향 생각 그리움이 스민다

가을걷이 끝날 때쯤
기러기 떼들이 무리지어 V자 형으로 날아들어
벼 이삭 쪼아 먹는 모습이 장관이다

어둠이 몰려올 때면
까맣게 움직이는 기러기 떼들
한 마리 두 마리 허기진 배를 채우며 노래 부른다

무리들이 지나간 자리에서
농부는 한숨이 차지만
어린 시절 겪었던 기억들이 향수로 남는다

서울하늘을 나는 기러기를 바라보며
남쪽하늘 아래 있는
내 고향을 그린다.

이름 없는 목자

도로를 지켜주는 가로수
우리들의 생명을 지켜주느라고
공기 정화를 시켜주며
불철주야 달리는 자동차 옆에서
변함없는 일생을 바친다

사람들은 아름답다고 말을 하지만
한파도 비바람도 견디면서
꿋꿋하게 지켜 서 있는 지킴이
온갖 공해 다 마시며
서 있는 정화수다

술 취한 자동차가
정면을 부닥치고 잽싸게 도망간 후
가슴을 다쳐 수액이 흘러도
관심조차 없는 사람들

때로는 수많은 가로수가 말라가도
사람들이 보살펴주지 않아
죽어만 가던 목자가
오늘도 바보같이 저렇게 서 있다.

남겨준 사랑

정처 없이 흘러간 시간을 붙잡고
하염없이 내리는 눈물
저려오는 전율을 다스리며
열정으로 살았다

인생의 서막이었던가
역경의 기찻길이었던가
오고가는 세월 우리들의 삶이었다

만나고 헤어지고
돌아가는 인생길에서
주마등의 불빛이 가물거린다

가거라 떠나거라 헤어진 사연아
버리고 가면 되는 것
모두 다 안고 가려 말자

나눠주고 베풀면 가벼운 것을
남겨주는 것이 남는 것이니
그 씨 많이 뿌리고 가자.

하심정심

마음자리 내려놓고
내 마음을 바라본다

땟국물 흘렸는지 하고
다시금 돌아본다

내 마음이 깨끗하면
걱정 없는 법인데
바르게 정직하게 인생을 사노라면
온 천지가 금빛 찬란한 세상이 아닌가

한 푼 두 푼 나누는 것도
전생의 연분이라
내 마음 비워두면 온 세상이 영광이네.

콩 게

콩알 만 해서 콩게라 했나
작다 해서
콩게라 했나

바닷물이 빠지고 나면 나타나는
조무래기들이
지상으로 하나둘씩 얼굴들을 내민다

철썩대는 파도가
발밑에서 춤추는데
수많은 콩게들이 모래동굴을 파놓고
서울시내 빌딩들과 한판 견준다하네

반나절 지었는데도
작품이 명품이라
오고가는 발길들이 멈춰 서서 바라본다

나들이 나간 황해 주인님이 들어오시면서
수많은 콩게들이 애써 지어놓은 작품들을

한마디 말도 없이 짓밟아버린다

울부짖는 콩게들은 보상도 못 받고
소리 내어 울어 봐도
파도소리에 잠겨든다.

가을시제

선산에 꽃이 피었네
고향 선산에 곱게 피었네
아름답던 그 옛날의 꿈이
선산에 피었네

대대손손 지켜온 가문
할아버지 할머니 집에서
들국화 꽃 반겨주네

하얀 얼굴로 미소 짓네
초등학교 다니면서
벌초해 드렸던 시절이 아름답구나

해마다 찾아가 뵌 부모님도
다 떠나시고 없어
갈 때마다 그리운 마음 그지없고

풀 한 포기 가시덩굴도
베어내고 뽑아드리니
부모님 손이 내손을 잡아주시네.

허물어져간 고향

흙먼지 희뿌연 들판엔
벼이삭들 거두어가고
그리도 많던 보리 싹 어디 갔는가

쓸쓸한 논밭
시들어가는 잡풀들만
늦가을 바람을 맞는구나

들에 나가 일하는 농부들 볼 수 없고
가는 곳이 어디인지
나그네 손발이 어설프다

해는 뉘엿뉘엿 저무는데
오고가는 이 없어
하룻밤 농가에 묵어가야 하겠다

빈방 내 주는 주인장
홑이불 하나 놓고 돌아선다
온 집안에 인기척이 없어
잠을 청할 수 없는 고향땅이 섧다.

작 별

긴긴 세월 살다보니
인생은 뜬 구름이어라

흩어진 세월
나 홀로 서서 바라보니
만나던 사람 하나 둘
내 곁을 떠나 가버렸다

잊을 수 없는 발자취
추억 속에 담아놓고
외로이 가누나 나 홀로 가누나

가을바람 타고 가노니
나이도 가지고 가라한다.

제 4 부
눈 속에
묻힌 사랑

돌아보는 시간

돌아보는 시간들마다
마음이 아린다

반갑고 기쁨이 넘치던 그런 때는
옛날이 되어버렸고
쓸쓸함만 더해주는 저녁

마음은 변함없는데
고향마을은 빈집만 늘어가고
내가 사는 발산동 그 얼굴들도
한 분 두 분 가셨다

오늘에 이르도록 나는 얼마나 걸었을까
보고 듣고 말하고 배우면서 일해 온 거리를
얼마나 걸어왔을까
돌아보는 나의 발그림자만
가로등처럼 외롭다.

차디찬 사람들

나누기 싫어하고
돕는 일 외면하는 세상

서로 돕는 일을,
이웃과 함께 하기를
꺼려한다

어제는 빈손이었던 그들이
오늘은 잘나간다고
뻐긴다

실천은 안하면서
얼굴만 내민다.

곱게 익은 홍시 감

여름 내내
땡볕에서 풋감 키워 낸
늙은 감나무

고생고생 키워 낸 불그레한 감들이
서리가 옷을 벗겨
알몸으로 부끄러워한다

어디에 숨어 있다가 나왔는지
주렁주렁 소불알처럼 매달고
울타리 모퉁이에서 자태를 뽐낸다

한 접 두 접 모아서
손자손녀 학자금에 보태 쓰고
남는 것은 올겨울 우리식구들 간식하려고
석짝에 담아두었다.

돌아본 길

노루가 한참을 뛰다가
우뚝 멈춰 뒤돌아본다

토끼도 뛰어가다가
바짝 엎드려 한숨을 고른다

돌아보고
잔뜩 웅크린 채
무슨 생각을 하고 있나

어디를 돌아 왔는가
우리도 가다가 뒤돌아다보고
한숨을 돌린 후
다시 길을 떠난다.

심마니

고요한 산을
혼자 기어오른다
떨장을 밟으며 가시덩굴 헤치며
험한 기슭을 이리저리 헤맨다

산새들과 동무하며
온 종일 걷는다

심마니는 이마에서
땀이 나면 안 된다 했다
서두르면 발밑의
대물을 볼 수 없다 했다

사이사이 넝쿨마다
천천히 다녀라 말했다

그러면 발밑의 산삼도 보이고
해 묵은 대물
약초가 보인다 했다.

고 행

살면서 갈 때는 고통이라
2,100㎞ 오체투구를 한다

하루에 6㎞를 엎드려 절하고
5보를 걷고
길가에서 노숙하고
산도 물도 오르고 건넌다

305일 오체투구
티벳의 영원한 정신이다
죽을 때는 고통스럽게 죽음보고
오체투구를 한다

살아생전에 고행하여
부처님 곁으로 가려한다
티벳 사람들이 믿는 최고의 신앙이다.

눈 속에 묻힌 사랑

소리 없이 내리는 저 눈
내 마음 속을 전합니다
쌓이고 쌓이듯이 당신을 사랑합니다

우리가 사노라면 바람 잘날 없지만
소리 없이 내리는 저 함박눈 속에
사랑을 전합니다

곤히 잠든 한밤중
당신 머리위에
하얀 눈이 쌓입니다

힘들 때 당신은 눈이었고
거친 마음 가슴에 묻고 소리 없이 재워주었고
팔순을 걷는 길에도 동무해주었습니다

당신은 나의 동반자
영원한 사랑을
저 눈 속으로 전합니다.

철면피

얼굴이 두꺼워
철면피라 했는가
부끄러움 몰라서 철면피라 했는가

사람이 살면서
실수를 말라 했는데
욕하고 거짓말하고 왕따 되고
막가는 인생
부끄러움 모르는 철면피 그 사람이 불쌍하다

인생 가는 길이 짧은 거리인데
복과 사랑 베풀 시간에
기차는 떠난다

아부정치 판을 치니
나라가 망할까 걱정이다
우리 주변에 좀벌레가 들쑤시고 설친다.

세상사는 이치

따뜻한 밥상 앞에
사랑이 넘치고
웃음 가득한 가정에 복이 찾아들며
3대가 효도하면 훌륭한 인물이 난다 했다

바람은 등 뒤에서 불고
햇빛은 얼굴을 비추는데
매국놈 배속에서 매국년이 나왔다

애국자 집안에서 충신이 나오듯이
진실한 신앙 속에
사랑의 꽃이 환히 핀다

굶주려 죽더라도
남을 해하지 않으면
후손들이라도 언젠간 부를 누린다는 것
하나님도 부처님도 이 말씀 가르쳐주셨다.

우장산에 서서

42년 살아 온
제2의 고향 발산동
내 청춘 발자국이 살아 숨 쉬는 곳이다

흐르던 토사들을 간신히 막아내고
달동네도 새로이
단장하였다

장화 신던 골목길도
아스팔트로 포장하고
오염된 지하수를
깨끗한 수돗물로 개선하였다

100년 묵은 헌집들을
하나 둘 철거하고
새집들이 들어서니 산뜻한 동네 되었다

땅값이 치솟자 토박이들은
땅을 팔고 떠났고

모여드는 낯선 이들 정 붙이기 어려웠으며
옛터 지키며 막걸리 나누시던 어른들
극락으로 가셨다

여기가 제2고향
내 청춘의 강서구

54년 서울 살이 42년 발산동
동네일 의논하시던 어른들
새록새록 떠오른다.

숙성된 메주

곰삭은 김치가 일품이라 하듯이
숙성된 메주가
명품 메주다

숙성된 사람이
나이 값을 하고
늙수그레한 그 맛이 곰삭은 늙은이다

용기와 기백이 있어야
젊은이라 하고
지혜가 충만해야 늙은이인 것이다

얼굴이 늙은 것은
병든 늙은이고
얼굴이 동안인 것은 젊은 오빠라 한다

마음이 건전하면
얼굴도 여리게 되는데
더러운 가슴 가진 자를 구렁이라 하고

소갈머리 없는 늙은이는 늙지도 않으니 말이다

속이 찬 늙은이가 진짜 늙은이
나이 들어 속이 차면
훌륭한 늙은이다.

종지기

큰 그릇 아니더라도
쓰임새가 있는 법이다
큰 대접에 담기는 양은 열배나 많지만
양념 담는 그릇은 종지기가 최고다

막걸리 한 잔 마실 때는 주발을 쓰지만
소주 한 잔 들이킬 땐
종지기가 제격이다

우리 형수님 손때 묻은 낡은 종지기
어머니가 쓰시다가
물려주신 종지기

세월 가니 골동품 되어 구석으로 밀려났지만
몇 세대 재를 넘어
희귀한 종지기가 되었다.

형수님 마음

밤길을 달리는데
먼 불빛만 외롭구나
고향으로 가는 길에 적막이 깔려 있다

작고하신 큰형수님 유택 지어드리려고
91세도 서러워라
그 고생을 누가 알랴

살만한 세상 오니
하늘이 오라고 하는데
못 다한 남긴 일들을 후손께 미뤄놓고
뒤돌아 가려하니 발길이 무겁구나.

후쿠오카에서

현해탄 건너는데
1시간 30분이 걸린다
서울시내 한강다리
건너는 시간과 맞먹는다

가깝고도 먼 나라
일본 땅에 와서 편안한 밤
따뜻한 온천에서 잠을 솔솔 이룬다

날마다 TV에서
짓밟은 나라가 일본인데
위안부 할머니들 피로 사무친 설움과
가슴속 한이 녹아 눈물 되어 흐른다

처참한 울부짖음이 조선 땅에까지 울려도
우리들은 속수무책 말로만 증오했고
일본은 세계평화 운운하며
우리 눈을 속인다

지난날 만행을
세상에 사죄하라
뿌리는 백제 땅에서 건너온 민족인데
이주한 세월 가서 일국이 되었다

세계는 돌고 돌아
경쟁이 치열한데
가깝고도 먼 나라 일본국 아닌가!

기다림

슬금슬금 기어와
앞가슴을 파고든다

산허리 감고 돌아
찬 기운 주워 담고
아랫마을 이장님 댁에 겨울 왔다고 전한다

어제가 2017년 12월이라 하더니만
동장군 제주도로 가자
봄꽃으로 바꾸었다

몰고 온 해무 따라
돛단배도 쉬어 가는데
먼저 온 아지랑이 유채 밭에서 늦잠 잔다

노오란 꽃잎 사이로
꿀벌만 일하고
하루해가 저물어가는 시각
나비는 언제나 올까?

사심이 없어라

손에 쥔 지전 한 닢
강물에 내던져라
물고기 배가 고파 허둥지둥 헤맨다

비싼 오리털 잠바
사심 없이 벗어줘라
불쌍한 길손님 추위에 떨고 있다

먹는 음식 가려가며
이름난 식당 찾지마라
끼니 거른 우리 아이들 배고파 잠못이룬다

일미음식 식도락가
맛을 찾아다니지 마라
그대 자손들이 배가 고파 밤낮으로 울부진다

인생은 일장춘몽
사심 없이 나누고 살라
극락이다 천국이다
따로따로가 아니니라.

이국의 추억

일본의 모습이
가는 곳마다 깨끗하다
교통질서도 삶의 모습도 빈틈이 맞물린다

하이—
인사의 태도까지도
짧고 깔끔하다

길가에도 마을에도
나부끼는 비닐조각
볼 수가 없다

달리는 고속도로 이음새와 표면이
치밀한 공사로
거친 데가 없었다

출렁거리고 덜컹거리는
대한민국의 고속도로

상점주인도 식당주인도
주차장 안내한 그 사람도
표정 한번 변하지 않고 정성을 다해 보였다.

유택遺澤에서 유택幽宅으로

오랜 세월 낳고 자란
내가 살던 우리 집
떠나 산지 수십 년 백발이 되어버렸다

살다보니 만고풍상
흐르는 물 따라 살다가
늙어서 하던 일들 접고 터벅터벅 돌아왔다

유택遺澤으로 들어서니
귀뚜라미 소리만 나를 반기는구나

한 해 두 해 날이 가니
옛 친구들은 다 가버리고
마을 뒷산에 올라서니 어린 시절만 떠오른다

운이도 영국이도 꼴망태 걸머지고
논둑 밭둑에 올라서서
소 풀 베 오던 날이 그립구나

부모님도 이웃들도 천국 극락 가셨으니
기다리는 시간들은
유택幽宅으로 가려하네

내가 살던 유택遺澤은
온돌방이었었고
어머님이 차려주신 따뜻한 밥상 앞에 편히 앉아
형제간에 오순도순 이야기 소리가 꽃이었다

산골짜기 그 집은
부엉이가 집 지키고
밤도 낮도 없는 그 집엔 냉기류만 흐른다

세상에 빛을 보고 살아온 길 몇 만린데
나이라고 몇 살 더 붙이니
한 해 두 해 저무는구나.

제5부
꽃 피던 날

주목의 일생

천년의 자태
한 몸에 담고
고풍 그 모습으로 말하는 주목

살아 천년
늙어 천년
죽어 천년 남긴 흔적들

태풍도 잠재우고
총부리도 녹이면서
동족상잔 수탈만행 절규도 보았었다

긴긴 세월 긴 목숨 짊어지고 걸은 상처들
밥 짓는 연기 울타리 넘으니
이젠 편안히 가리라.

창가에서

날이 밝아옵니다
추억들이 지나갑니다
새들도 하나둘씩 식사 준비합니다

어제 맺은 술자리가
얼마나 편안합니까
마음들이 사랑으로 넘쳐났었습니다

말하지 않아도
옛 친구가 아니어도 우리는 하나인데
시시때때로 시간을 메우고
즐거운 마음으로 나를 낮추면서
오늘도 함께한
우리가 좋습니다.

봄 새

입춘대길
대동강 물이 풀린다
거꾸로 간 세월 입가에 미소 띠니
뱁새도 딱새도 뻐꾸기와 함께 하늘 길 나섰다

봄기운 훈훈히 불어오니
너도나도 나무숲에다 집을 짓고
오고가는 길 머리위에 알을 낳고 짖어댄다

시선을 돌리려고
이저리 날은다
며칠도 안 된 놈들이 5마리나 눈을 떴다
먹이 문 어미 새 숨도 크게 안 쉬고
새끼들을 먹인다

사람보다 인정 많은
귀여운 새들 보며
가슴속에 훈훈한 사랑 담아본다!

정을 남긴 사람들

골목길 걸으면서 나누던 이야기들
속내를 털어놓고
서로 웃는다

짧은 거리 짧은 이야기가
더욱 재미가 있고
허물없이 주고받으니 즐겁다

골목길 돌아서다가 만나는 사람들
아제 오랜만이요
잘 있었소
겁나게 반갑소

언제 또 만날지
아무도 모르지만
길목마다 점포마다 만나던 사람들

부동산 아줌마
구멍가게 아저씨
깊은 정 나누면서 오늘 해가 저문다.

싹 수

싸가지도 없는 놈이
세상을 뒤집는다
생긴 것 뭣 같은데 입이라고 말한다

세상 사람들이 다 보는데도
악담만 늘어놓는다

세상은 요지경
그들만의 천하일세
싸가지 없는 놈이 나라 일을 하고 있다

갈수록 거친 입들
하나님은 뭘 보실까
이도 저도 안 되면 벙어리로 만들어주세요

어린이도 할매도
온 국민들이 싫어한다
여의도 국회의사당은
싸가지들 검은 소굴이다.

꽃 피던 날

열리는 문 속에 천국이 있었다
화려하게 장식해놓고
꽃망울을 터뜨렸다

언제 날아왔는지
벌과 나비가 부부끼리 참석하였다
만찬장에는 황금가루로 장식해놓으니
예쁘게 차려입은 호랑나비 부부도 나와
단정하게 앉아서 자리를 빛내준다

꿀벌 형제도
허겁지겁 날아와서
VIP자리에 앉아 꼬리 춤을 춘다(일행을 부른다는 뜻)

한 참 무르익은 꽃 만찬 치루는데
불개미들이 살금살금 들어와서
꿀단지부터 챙겨먹는다

십 리 밖에서 소식 듣고 날아온
말벌들
무르익은 꽃 잔치 꿀 잔치를
다 망쳐버렸다.

이심전심

그 자리에 그 사람이
그대로 서있다
어제도 오늘도 그 자리에 서있다

온종일 서서 굽는
붕어빵이 쌓여져 있다
작년에도 올해도 비가 와도 눈이 와도
그 담 밑에 홀로 서서 붕어빵을 굽는다

한 마리 입에다 무니
고소한 맛이 참맛이다
정성으로 굽는 빵이라 그 맛이 일품이다

종이봉투에다 5개씩 5봉투 싸들고
한 봉투는 친구 주고 둘째 봉투는
아줌마 드렸다

셋째 봉투는 간호사 주니
고맙다고 환성이다
한 잔하고 나누던 술이 옛 추억으로
빠져든다.

서울 살이 54년

한강물 굽이쳐
강서를 두드리고
62만 민초들의 생명을 보살핀다

천만의 묵은 떼
거두어 싸들고서
유유히 흘러서 서해바다로 떠나간다

초유기체처럼 살아온 민초들은
날이 밝아오니
새 역사를 시작하고

서로 밟고 올라본들 100년도 못 사는데
인생살이 아등바등
태평성대는 바라지 말라.

가는 길

흐려지는 눈
잊혀져가는 기억들
어디에 있다고 다시 찾아볼거나

보고 듣고 쓰던 생각들이
모두 다 낡았는데
솟아나는 샘물은 한없이 나오지만
육신은 늙어서 바닥이 보이지 않는다

차가운 겨울바람도
작년에 불던 그것만큼
하나 둘 주름살은 왜 이렇게 느는지

울 가에 심은 감나무 마당을 넓게 덮지만
대문을 나서는 내 발걸음
보폭이 짧아지는구나

시계바늘 돌고 돌아 다시 제자리로 가는데
80줄을 타고 가니
기력마저 떨어진다.

아까운 시간

심야에 밝은 달이
님을 그리워하는데
회사의 대표님은 미래를 그리고 계신다

저 달이 산등에서 기다리고 기다려도
그리던 님 올 날이 구름처럼 까마득하고
회사의 대표님은
시간 가는 줄을 모른다.

KC대학 수료식에서
― 명예 철학박사 수여식에서

우경선 회장님
김병희 회장님
하루도 쉬는 날 없이 열심히 사신다

사업 바쁘신 날에도
봉사에 소홀치 않으셨고
한 몸을 나뉘어 사방을 향해 뛰셨다

두 분의 발자취
강서구에서는 따를 자 하나 없어
타고난 성품 베푸심이
강서에 주춧돌이 되셨다

지나간 세월
강서구에 푸른 나무 심으셨으니
가는 곳마다 열매 열어 구민의 빛이 되었다

우경선 회장님
김병희 회장님

님이 계시는 곳마다
영광의 빛 내리게 하소서.

＊ 2018년 2월 8일 오후 2시 축시 지현경

물속의 얼굴

가고 온다는 것은
마음에서 그려보네

어제도 설이고
오늘도 설이면 좋겠네

설날은 반갑고 나이든 것은 슬픈데
우리들 늙은 것을
무엇이라 말하는가!

개미도 설을 쇤다

조용한 곳에 터 잡은 집
어두운 구멍 속에서 잠자고 일어나
아침햇살 바라보며 얼굴을 단장한다

오고가는 사람 없어도
차분하게 화장하고
더듬이로 여기저기 때 묻은 데를 닦아내고
페로몬 길을 따라서 일터로 나가는 너

하루도 쉬지 않듯
설날에도 일을 한다

개미들의 부지런함을
우리가 배워야 할 일!

죄와 벌

얽어놓은 거미줄에
잠자리가 걸렸다
물렁물렁한 수렁논에 빠져버린 멧돼지
어두운 구치소에 사람이 들어가 있다

잠자리 멧돼지 사람마저
무엇을 잘못했는지
귀한 목숨 얻어서 세상에 태어났는데
천박해진 모습이 가슴 아프도록 가련하다

가지도 말고
하지도 말고
훔쳐 먹지도 말라 했는데
똑같은 욕심에 벌을 받고 있으니!

천관산의 정기

63만 손을 잡고
고삐 끄는 그 사람
구름타고 떠나네 이영철 의장님

천관산 아래서 찬 샘 마시고
아장아장 걸었었지
그대 맑은 목소리
강서구민들을 깨운다

장흥 땅 뒤로 하고 강서구에
둥지 틀어
몇 알 안 되는 열매가
싱그럽게 익는다.

그림의 메아리

마음을 하늘에 그리니
그림이 문을 연다
심상의 현상도 연기소에 담아 올린다

꿈과 희망을
선율에 맞춰 붓을 들면
보는 이마다 날아가고 리듬의 소리에 매료된다

차분한 마음을
그림 속에다 담으니
시가 저절로 하늘을 보고 뛰어오른다

환상의 수채화는
눈을 가리려 바둥거린다
흘리는 붓끝마다 만상이 꿈틀거리니
덕과 철학이 담겨 살아 숨 쉬는 그림이다.

* 남농 선생님의 그림 속에서

도둑들의 향연

금배지 국회의원들
양심을 속이지 말라
자리싸움 가리다가 나라가 망신한다

유권자 보고 나누는
선거구 획정들이
당신들만 생각하니 국민들이 운다

안중에도 없는 유권자들이
님들 보고 슬퍼한다
돈도 표도 모두가 지구당 위원장들
아닌가!

적 막

달빛 타고 별빛이
틈새를 기웃 거린다
밤공기 차가운데 고요한 사방

지나가던 자동차도 잠을 자는데
이 자리에 서서 달을 쳐다본지도
어언 40여년

지난날에는 연탄가스가
골목을 누비고 다녔고
감나무도 붉은 감이 단맛을 잊은 지
오래였다

그 시절가고 살만한 지금
나는 어찌 늙었나

밤하늘 밝은 달빛은
아직도 변함이 없는데
찌그러진 함석 물통이 나인가 한다.

왕대밭

하늘이 보일 듯 말 듯
무성한 왕대 사이로
별들의 속삭임 들릴 듯 말 듯 반짝거린다

미풍이 도란도란 푸른 대밭 찾아들면
한들한들 댓잎 날개 치며
반갑다고 노래 한다

평화로운 대밭
노루 토끼들이 정원 삼아 노니는 곳

먹구름 하늘 지붕에 비바람이 몰아칠 땐
허리 굽혀 상고머리 돌리는 왕대
부러지지 않고 일어서며
짐승 가족을 보호한다.

꿈은 살아 있다

초판 인쇄 · 2019년 4월 5일
초판 발행 · 2019년 4월 19일

지은이 | 지현경
펴낸이 | 서영애
펴낸곳 | 대양미디어

출판등록 2004년 11월 제 2-4058호
04559 서울시 중구 퇴계로45길 22-6(일호빌딩) 602호
전화 | (02) 2276-0078
팩스 | (02) 2267-7888

ISBN 979-11-6072-044-0 03810
값 13,000원

＊지은이와 협의에 의해 인지는 생략합니다.
＊잘못된 책은 교환해 드립니다.

이 도서의 국립중앙도서관 출판예정도서목록(CIP)은 서지정보유통지원시스템 홈페이지
(http://seoji.nl.go.kr)와 국가자료공동목록시스템(http://www.nl.go.kr/kolisnet)에서
이용하실 수 있습니다.(CIP제어번호 : CIP2019013108)